SV

Geliehene Landschaften

Bernsteinpark Kaliningrad

Zum fröhlichen und freudebringenden Kampf um die Vorherrschaft des Gartens! Voraneilend, dort, wo es sich darum handelt, das eigene Land in ein Land der blühenden Gärten zu verwandeln, an dem jeder, auch der Ärmste, seinen Teil hat.

Leberecht Migge, Die Gartenkultur des 20. Jahrhunderts

Poesie ist die Muttersprache des menschlichen Geschlechts; wie der Gartenbau, älter als der Acker: Malerey, – als Schrift: Gesang, – als Deklamation: Gleichnisse, – als Schlüsse: Tausch, – als Handel.

Johann Georg Hamann, Aesthetica in nuce

Bastard

Sumpfländereien. Jemand hängt filzene Einlegesohlen
in seinem verglasten Balkon an die Leine. Wolle tropft.
Wäsche verblüht im Wind. Jemand bricht fliederfarbenen Flieder
im Stadtpark und trägt ihn zum Bus. Ein utopisches Spiel.
Die Gewänder des Logos sind abgeworfen und Buspolster jetzt
am besten gekleidet.

Logistische Muster, zaristische Stoffe, gewürfelte Welt.
Klotz. Block. Zwei Männer grillen am Parkplatzrand,
die Post verkauft Tütensuppen, Gemüsesamen, das alles
ist wahr. Vertrauensbildende Maßnahmen: Vorgärten werden
mit Bindfaden eingefaßt. Das Café Marzipan
gibt es nicht mehr.

Sand. Backstein. Eingeebnete Stadt. Rosa und fliederfarben
gestrichene Gittertore, Metallstrahlen jener Sonne des Ostens,
die immerzu aufgeht. Landschaft, o Sprachpanorama
des Logos creator. Landschaft, halbierte, in Vorder- und Rückseite.
Wie der Raum nachgibt und Dinge hervorlockt: Dauerwald. Freiflächen.
Vormals und jetzt.

Beobachtungen

Knochen

Pop-up-Park: es waren Blumenrabatten,
bepflanzt mit Metallkombinaten, bepflanzt mit
Petunienlenin, mit Stalin aus Stiefmütterchen,
Chrysanthemenchruschtschow – blüht noch einmal
auf im Bewußtsein, sprecht Blumen- und Blutsprachen,
Sprachen der Macht.

Tonnen von Knochen liegen begraben unter dem Rasen.
Blüht auf und sprecht Sprachen! Wer harkt hier? Wer pflanzt?
Und wer mähte? Betonblumen werden im Mai
frisch gestrichen, die Plattenbauten erneuert, die Kanten
und Kästen gekälkt; denn die Großstadt gilt als die
Mutter von Gärten.

Rede, Park, rede nur, daß ich dich sehe.
Besprich die Relikte, Reliquien, rede von deinen Raketen-
reisen ins Jenseits, von Kriegerdenkmälern, die sich mit roten
Tulpen umgeben, mit Siegen und Seufzern und mit einer
brunnendurchflossenen Gegenwart. Hier wandeln jene,
die tot sein werden.

Kumst

Der einfache Zweig und seine Beiwörter: schwank,
sanft-bewegt, dick-belaubt, lang-gestreckt.
Unter dem Zweig gehen Paare und lesen einander
Gedichte von ihren Mobiltelefonen; im Rücken
nachglühende Freilichtbühnen, regennasse
Nüchternheit.

Den Park mit Schritten beginnen. Mit jedem Blick
Gras emporschießen lassen, Asphaltwege winden, die Brücken
zu Schleifen binden. Einmal geblinzelt, die Tulpe klappt auf.
Köpfe zeigen sich über den Büschen, umflochten
von sehr komplizierten Frisuren, ihr Leib für Sekunden
füllig und grün.

Dann Bleistiftabsätze, Häkelpullover und lodernde Perlonschals,
Flamme und Schwert. Park ist der Leib des Gedankens, und ich,
Gottes Gartenberater, bespreche den Umstand, daß jede
Generation durch ihr Lustwandeln Welt erzeugt oder
entwurzelt wird. Leiber gehn, ganz in Gedanken an Büsche,
weiter.

Bunt

Kinder schwappen, Tee in Tassen, an der Elternhand.
Unter der Hand erkaltet die Liebe des Vaterlands, übt sich
in Hütekunst, Wortgewalt, Totengesprächen. Verordnet
Erholung: an jeder Laterne ein Lautsprecher.
Immer noch gilt: Alle staatlichen Feiertage
verbringt man im Park.

Sanitäres Grün. Einflußzonen für Stadtwälder. Lufthygiene.
Die Haltbarkeit eines Parks hängt ab von der Trübung.
Dekogrün. Pflanzprogramm. Hüpfburg mit Pinguinen.
Plastikbäume glitzern im Vergnügungssektor, und wieder
ist das Gesehene größer als das Gedachte. Maskierte Tiere in
Elegien. Eliten. Elysium.

Geknüpft an den Arm kleiner Mädchen ziehen
Kaninchen-, Prinzessinnenluftballons vor einem
unwirklich mächtigen Etwas mit Namen gesunde Vernunft,
trudeln rote, zur Sonne drängende Sterne. Am langen Faden
ein Panzer, sehr blank, Originalgedanke, der auf der Höhe
der Büsche tanzt.

Schwarzfirnis

Jener von Harz umschlossene Park.
Seifenblasen und Mulm in der Lunge. Sepialuft
um Gehege, Erinnerung. Kragenbär, Tanzbär.
Felsen und Zwinger. »Mischa«, rufen die Kinder. – Hat
jemand »Petz« gesagt? »Teddy«? – Bären sind Sohlengänger,
wie wir.

Gute Werke des Bären. Kleinkinder,
an der Kapuze geführt. Damen mit Sonnenschirmen
erkunden ihr Schattendasein. Wege voll Zapfen und Spinnen,
geflügelten Samen. Bernstein, *bijou indiscret,* heißt:
den Leuten mehr Wahrheiten sagen, als sie vertragen.
Wir sind Inklusen.

Die Ikonostase öffnet sich, es erscheinen
drei Bären. Blindpressung, Glimmergrund. Wir sind umgeben
von Bernsteinbäumen und -häusern, -fußbällen, -eulen.
Während Schwarzbären Zipfel von Licht in den Park ziehen,
weiße, zu Knochen geronnene Finsternis,
Licht.

Schaum

Wald schäumt auf. Wieder und wieder
schäumt Wald auf, verpufft. Auf Parkbänken sitzen,
in bleichen Ideen von Abend baden. Sich
Wolkenbetrachtungen widmen, den Schichten von Schönheit
in einer Bewußtseinswanne in Übergröße. Der Lautsprecher
an der Laterne spricht.

»Siehe, er kommt mit den Wolken!« Es bleibt ein
unübersetzbarer Rest. Den Rest niemals denken können.
Der Rest wäre das, was dem Geist widerfährt, wenn er fliegt.
Sich statt dessen von Wolken bewandern lassen. Ihren Schatten
auf dem Gesicht. Dunkles Antlitz der Zeit. Der Park kühlt ab,
der Wächter räuspert sich.

Der Laternenpfahl spricht. Wolken in Schleiern und Schlieren, nie
abgeschlossenes Sammelgebiet. Auf den Parkbänken Schachspieler,
die die Gewalten in Kästchen setzen. Throne und Mächte.
Während die sinkende Sonne die Brunnen verkorkt, läßt der
Parkwächter alle Wolken platzen. Sto Gramm, der Bauer
rückt vor.

Flom oder Matt

Tiere langweilen sich. Riesige Hunde vor ihren Hütten
bewachen Bauschutt und Trümmer von preußischen Schlössern.
Das Nilpferd bewacht seine schmutzigen Kacheln, der Bärenfelsen
bewacht sich selbst. Im Aquarienbecken des Fernsehgeräts
Immobilienblasen. Villenannoncen strömen unter der Sendung
auf schwarzem Band.

Einschlüsse, Ausschlüsse. Trübung durch Bläschen.
Hausblasen, Plattenbaublasen, neue Gebäudeblasen, die die
Geschichte der Leere verdecken. Hier wohnte zwanzig Jahre lang
Kant. Hier standen Kirchenblasen, in denen man Basketball
spielte, Ringe hingen von Orgelemporen, der Bock im Altarraum,
Gärtner des Nichts.

Unser subtiles Auge sieht Tiere, die Blasen bewachen.
Langzeitversuch: eine Blase am Leben zu halten. Parkmechanismen.
Kunst des Geheges. Das elektrische Schaukelpferd singt. Kleine Kinder
reiten durch Durchgangszimmer, durch Bernsteingemächer. Bald werden
sie Hamannsche Sprechblasen schlucken, Küchlein und Pillen,
von denen man birst.

Antik

Brocken im *cant-style* schweben durchs Weltall.
Köpfe berühmter Männer hängen an Hauswänden.
Alles aus Stein. Der Marinechor singt seinen Song
von der Apokalypse, in einer Lautstärke, die auch die
schwerhörigen Veteranen erreicht. Köpfe an Hauswänden.
Konterfei, unkrautfrei.

Der Marinechor singt seinen Song von dem deutschen Café
und dem russischen Wegweiser. Singt von nach Westen gerichteten
Spitzen, halb aufgerichteten Schiffen und Flugzeugen, Vorderseiten-
beweisen, an deren Rümpfen die Sonne entlanggleitet, täglich auf
Stadtplätzen für jeden Unmündigen, der im Mittage wandelt,
Parade fährt.

Andernorts Knochen und Emotionalien: Orden, Patronen und
Knaben in Uniform. Sentiment, Sediment, Patrioten. Was lagert
sich ab im Gedächtnis, was ruht? Durch das Geschiebe von Schuhen
fremder Passanten ziehen jetzt Männer mit Angel und Tarngepäck.
Ihr kollektiver Exzeß in gefühltem Grün: Fleckmuster, Strichmuster,
Fischparadiese.

Garten Eden

Schierklar

2x

Heimweh nach Eden. Stalin begegnet mit folgender Losung:
Laßt uns die Heimat mit Gärten schmücken. Laßt uns
den Baum der Erkenntnis ganz abernten. Die schöne Öde
der Rominter Heide jetzt gut oder böse? Gestöber von Orten, wo
Träume in jedem Moment zu Wirklichkeit werden. In Eden
fällt Schnee.

Leer werden. Leere ertragen. Die Leere verstehen.
Gott nicht mehr ertappen wollen beim Schaffen des Gartens.
Magus und Narr. Abgetragene Berge. Die Gartenstadt K.
mit ihren zerstörten und wiedereröffneten Wäldern
ist alles, woran wir beim Einschlafen denken. Wir sind
neue Menschen.

Reisebericht in pragmatischer Hinsicht. Ein Park
ohne Ausgang, die Wege enden an Mauern der Reichen.
Ist dies jene Kunst, die zugleich auch Natur zu sein scheint?
Jeder Park voll Vertriebener, Heimweh nach Eden.
Die Leere und ihre Vergehen. So rede, Leere, ich sehe
dich nicht.

Wunsch nach Kommunikation

Kindergarten Lichtenberg, ein Lehrgedicht

Ich erinnere mich, daß eine hohe Fürstin von feiner Geistigkeit eines Tages bei einem Spaziergang in ihrem Garten sagte, sie glaube nicht, daß es zwei vollkommen gleiche Blätter gäbe. Ein geistvoller Edelmann, der an dem Spaziergang teilnahm, glaubte, es werde leicht sein, solche zu finden; obwohl er aber angestrengt danach suchte, mußte er sich durch seine Augen davon überzeugen, daß man immer einen Unterschied daran bemerken konnte.

Gottfried Wilhelm Leibniz, Neue Abhandlungen über den menschlichen Verstand. Von den Ideen: Was Identität oder Verschiedenheit ist

I

Plattenbaulaub. DDR-Formsteinsysteme 60 × 60
ornamentieren noch immer die Tagesstätte.
Ahornblattserien. Schwarzpappelreihen. Hohlreliefs
drängen sich Wänden auf, nach dem Schema
der Kinderhand, die sich zum Muttertag als Geschenk
in ein Gipsbett preßt. Wir betreten die Institution
im moosgrünen Perlonpullover, sehen auf Augenhöhe
den wieder und wieder farbig lackierten Abdruck
einer Idee von Blatt.

Kindliche Wahrnehmung: das Immergleiche, heißt es,
erleichtert. Kleine Finger mit der Munterkeit von Wurst
schneiden Blätter aus Buntpapier, pressen Blätter
im Märchenbuch. Plattenbaulaub. Wir wachsen auf im
betongewordenen Trost der Bäume, hinter den
blätternden Flächen mit ihren Verästelungen
ins Leere, mitten im Schatten der Krone, der Schwärze
der Referenz.

II

Laubforschung. Niemand bewegt sich hier ohne
Bestimmungsbuch. Dichter- und Denkerkinder
üben die lindene Geste, die Buchengebärde, den
Eichengriff. Die Kindheit, ein Schmuckblatt im Wandel
der Jahreszeiten, beginnt jedes Frühjahr mit Aussaat
von Katzengras; später die langen Sandalentage,
die Windvogelkonstruktion, Schlittenfahrt. Die
Kindheit, ein unkontrollierbarer Trieb am Baume
des Lebens, erzeugt ihre eigenen, völlig verstellten
Geäste, verbesserten Hölzer und zugewachsenen
Wälder, in Wirklichkeit Landschaften weit unter
Durchschnitt.

Laubforschung, von einem einzelnen Waschbär betrieben,
der Blätter wendet zur Nacht, die Nuancen frißt.
Kinder sammeln vor eisernen Mülltonnen winzige
Übergänge von Haus zu Haus.

Lebensalter des Menschen
in der Natur!

III

Frühling. Zu Zweierreihen formiert,
überquerten wir die weißen Streifen der Vernunft,
die Aussparungen eines dunklen Grundes.
Hand in Hand gingen wir, im Umhängetäschchen
die Kekse des Philosophen. O Brosamen!
O Hannover! O Großer Garten Benennung!
Das Sprachzebra weidet im Abseits: Der schwarze
Esel des Teufels, zu Zweideutigkeiten verleitet, er
tritt seine Siegel an Sümpfen und Teichen der
Eiszeit, er flimmert in lichten Linien wie eine
Jalousie. Das Sprachzebra weidet im Abseits:
Der Aufklärung herrlichstes Pferd, ein Schimmel,
versteckt hinter schwärzlichen Gittern, im ewigen
Wuhletal steht es und wiehert.

Plattenbaulaub formiert sich zu Zweierreihen,
zu weiteren Reihen, zu einem quadratischen
Baum an den Wänden, Modul einer magischen
Kindheit, die von allen Seiten gleich ist.

IV

Es ist etwas in seiner äußersten -heit oder -keit,
es geht fortwährend weiter und trägt dazu bei, daß
Bilder verbraucht werden. Laub steht im Licht, und
Erfahrung gerinnt zu Erscheinung. Es ist flirrender,
glitzernder, zitternder Wind, es ist rauschende Sonne
und pechschwarze Gegenlichtkrone, Schwarzpappelwand.

Herzwurzeln heben die Platten des Bürgersteigs an,
schicken Münzen ins Gullyglück. Sommernachtstraum.
Laub ragt hinein, oder ragt es heraus? Hinter Platten
mit Regelbelegung schlafen Dryaden, träumen
von Baumkulten, von seriellen Topographien, von
Landschaften auf Lebensmittelverpackungen, träumen
von einem vollkommenen Blatt, jenem einzigen,
das nicht existiert. Merke: Das irdische Laub
imponiert durch sein Grau, wie alle Fotos
der Zeit beweisen. Das ideale Laub kann nur
negativ, kann nur himmelsblau sein.

V

Separationsphase mit allen Kennwerten,
Herbst. Schallillusionen, raschelnde Haut.
Wehes Kratzgeräusch eines Zweigs an der Scheibe.
Trostlos heult der zu Blocks betonierte Wind.

Ein Alptraum von Bäumen beginnt mit dem lauen,
dem maulenden Laub. Großen Massen, die abfallen.
Armutszeugnis. Sich Blößen geben.
Vorhandenes Laub sammelt glückliche Kindheiten an
und verfällt dann dem Unglück der Niederungen.
Vorhandenes Laub verschwindet in Landschaftsfallen,
vermodert unter den Blicken von Misteln und weißen
Druiden. Nur Plattenbaulaub umgibt sich mit Wänden
des Wohlverhaltens. Insofern gilt folgendes Formgesetz:
Seine Warenform entspricht auch der Denkform.

Separationsphase. Vögel bleiben im Vollkontakt
mit der plötzlichen Nacktheit auf Ästen zurück.

VI

Kaltrindige Blocks, übersät mit Flechten
aus Leere und Ruß. Der aufgebogene Putz,
die faltig zerfallende Außenseite jedweden
Gebäudes. Keine Siedlungen mehr – alte Lappen.
Drinnen an Zwergentischen öffnen die Kinder
ihr Umhängetäschchen und krümeln mit
Buttergebäck. Draußen ein tiefliegendes,
drückendes Grübeln, Logik der Schichtwolken,
aus denen hier und da ein weißer Schauer fällt.

Deine Erkenntniskrücke, ein knorriger Ast,
tockert neben dir her, drückt Spuren in die
diffusen Flächen des Denkens.
Aus dem Schnee ragen riesenhafte Geweihe, Magie.
Sie stehen etwas verloren im Feld, Unendlichkeitsender,
an denen wir jene unendliche Unterscheidung üben
von Wahrheit und Lüge, ja oder nein.

Zum Vergleich lese man die Kulturgeschichte des
österreichischen Kindes.
Draußen entlaubter, völliger Weltraum.

VII

Denke dich als den Traum eines Baums, jenes nichtigen
aus den Rissen im Putz, die sich weiter verzweigen.
Als ein gezähntes, sagen wir, hellblaues Blatt, das diffus
durch die Straßen trudelt, eventuell traurig, verschaukelt
zwischen Paradeseligkeit, Einheitsbrei. Du gehst im
Sportfell, sterilisierst die real existierenden
Paradiese des Stils, denk dich ein Alibi haben und
gleichzeitig keins. Erweise dich leichthin als beides, sei
Humus, gib aber auch harte Signale wie Marder, die Kabel
zerbeißen. Mit gleichem Nachdruck Betonkopf und Blatt
aus dem Garten des Volkseigentums, mit dem gleichen
Nachdruck, das heißt: sei der Traum und die Realität,
sei utopisches Potential, sei Gartengerät.

VIII

An jenem Proto-Ort unter den lächelnden Blättern
sehe ich mich auf dem Wege zum Kindergarten,
sehe unendlich verfeinerte Äderungen durch Brenngläser
eines verfrühten Entzückens, winzige Änderungen
von Tag zu Tag. Während. Während. Sehe ich Kinder,
die sich jeden Morgen aus der Gestaltlosigkeit
herausstanzen, sich wie Verschlußplatten vor einer Urnenwand
fest an die Hand ihrer Mutter heften, sich selbst zum
Verwechseln ähneln wie ein Blatt dem andern.

Ich sehe mich gehen als Stellvertreter in jenem mechanischen
Karussell der Blätter auf Bürgersteigen, sehe Gedenktafeln
großer Gehölze, das Plattenbaulaub an der Wand als Platzhalter,
während. Während. Starke Winde tragen den Rauch von
Kartoffelfeuern herüber, von Kohleöfen, von Altpapier.

IX

Pappelreihe. Am Rand des Maschendrahts
nimmt der Tagesrest Gestalt an als Laub.
Dunkle Flecken der Kindheit, jetzt angestrahlt
vom Flutlicht des Sportfeldes, inwendige Wälder,
die nur aus Wind und Bewegung bestehen. Laub.
Laub, das du ansammelst Jahr um Jahr,
umständliche Kopien des Tages, unverständliche
Negative, mächtige Massen der Ähnlichkeit. Was
schwankt, was sich wiegt, was sich häuft.
Aber wer sind wir, daß wir das Laub, das uns
nächtlich durchzittert, nicht unterscheiden können,
und so ist uns eine Nacht wie die andere?
Hohe Kronen bilden dem Sturm eine Gasse,
betreiben schwarze Künste der Abweichung. Laub
verrauscht, eine dunkle Schicht, die die Welt
gänzlich mit sich bedeckt.

Coney Island Lunapark

Gedichte mit Titeln von Vergnügungspark-stationen

Die Grenzen des Himmels sind im Nun festgemacht als »müde«.
Sie sind im Wasser, indem sie erschöpft sind, das heißt, die Orte.
Jeder Ort breitet nun jeden Schatten aus.

Grundriß des Laufes der Sterne

We are the same people
only further from home.

Lawrence Ferlinghetti, A Coney Island of the Mind

Freifallturm

Plan schwarzen Wassers, Nachthimmel
spiegelnd, Negativ eines Negativs.
Wie Firmamente in Schieflage fiele der
Schatten sämtlicher Wolkenkratzer Manhattans
ein in die Ohnmacht verfinsterter Fensterflächen,
bis sich das Dunkel auf Dunkel gelegt hat und
vollständig ist –
ohne Zwischenraum, bar jeden Pegelstands, riesiges
Rückhaltebecken mit Richtungen überschwemmt.
Aller Umriß erschöpft. Müde Orte, in Schatten gelöst.
Schatten schwimmen ums Haus, und was tust du,
wenn andere Schatten zurückkommen.

Schiffschaukel

Teer denken. Teerpappe. Flachdachmisere.
Die Fundamente ertränkt mit Wasserlappen,
in deren Falten sich Schatten verbergen,
gegenläufig zu allem, was ist. Nachtfahrt
der Sonnenbarke: das Auge versinkt.
Anlieferungs- und Entsorgungsrampen,
Rollvorrichtung des Raums. Monsterwellen,
niedergedrückt, dann wieder emporgerissen.
Hände versuchen, den Ölfilm der Theorie zu fassen,
ergreifen nur Tiefgaragen aus gegenstandslosem
Wir-Gefühl. Finsternis blitzt.
Kalter Glanz, übermalte Glasscheiben, Übermaß.

Wonder Wheel

Um Mitternacht sah ich die Sonne erstrahlen,
ein weißer Witz. Mind Coney Island:
Dein Gedächtnis, mit Lichtern gespickt, dreht am Rade
nach Hamsterart, rennt auf der Stelle, gibt Schwung.
Die Ersatzsonne kreist. Riesenrad, Lunapark.
Schaukelnde Gondeln schöpfen den Widerschein
aus der Gravesend Bay, scheiden die Geister
vom Wasser: Wiedergänger du, in die Kabine gepreßt,
machst dich am Sitz zu schaffen, ritzt schwitzend
die Polster, durchmißt deinen Orbit, ein Nager,
getrieben vom stromernden Schlick des Erinnerns.
Sieh die Kaninchenisel in künstlichem Licht.

Nagetiere Riesenrad-Lunapark

Dr. Couneys Säuglingsinkubator

Hoch oben.
Willkommen im Frieden der kapitalistischen Wiege.
Der schwankende Strand durch dein eigenes Schwanken
hervorgerufen oder geheilt. Schwemmspuren. Schleifspuren.
Dinge verrutschen auf ihrem Untergrund, und die Hügel
aus Sand, die der Sturm in die Siedlung gedrückt hat,
sind ganz mit gegenläufigen Mustern bedeckt: Bilder
begehbarer Wellen, auf denen sich Arbeitskolonnen in
Warnwesten abrackern, Wasser dem Erdboden gleichzumachen.
Schaufelstiele. Hantieren. Du blinzelst. Ebnest Möwen ein.
Hinten ein immobiles, wie immer, Glitzern –
hellauf das Meer: eine Party in der Kritzelphase.

Loop the Loop

Den Atem bezahlen. Fahrgeschäfte ahmen das Meer nach.
Achterbahnen namens Tornado, Thunderbolt, Cyclone
stoßen Wogen nach vorn, und die Möwen gefrieren im Flug.
Du kaufst einen Fahrchip im Faltcontainer. Fahrchips
nach Möwen werfen, bis die wieder auftauen. Fahrchips
auf Seetiere schnipsen, die an den Aquarienaußenwänden
erstarrt sind, gemalt in ein falsches Blau. Bugwelle.
Schockfront. Plötzlicher Stop und dann Monster, Loop.
Die Giganten: Kaventsmann – 1 × nach Luft schnappen,
nichts wird erstattet. Drei Schwestern – mit ihrer 4-Lagen-
Wahrheit. White Wall = Weiße Wand – der Erscheinung nach
Zuckerwatte. Viel zuviel Zuckerwatte. Dann Wellental.

Kettenkarussell

Hereinbitten ungebetener Gäste: so umarmen dich
die Götter des Westens, sie löschen die Mall, den Müll,
sie machen gut Wetter, bereiten ein Fest vor.
Du nimmst den Metalldetektor, der ausschlägt auf Glanz.
Willst ein behutsames Funkeln von der Hauptstraße
absaugen. Dein vertauschtes Kind zeichnet Wunderkerzen
mit Glitter-Glue, bäckt vier Schablonenkuchen aus Goldspray.
Sehr geehrte Vernunft, das ist Ihre Herkunft.
In deiner Sodaflasche schwappt eine Zitrone. Bliss oder Biß?
Beobachte sorgsam ihr Leuchten, ihr Absetzverhalten,
die Sinkgeschwindigkeit in der Dezemberstille.
Ich will das Meer anstoßen, zum Schwingen bringen.

Spiegelkabinett

Sich überlagernde Wellen, ausgelagerte Tiere.
Das New York Aquarium steht unter Wasser.
Du gehst durch die Stadt, an der Hand ein Walroß.
Du gehst durch kathartische Themenparks, Yahrzeit Light,
Yuengling Beer, schmelzende Skyscraper waren die Kerzen
dieses Dezembers. Der eine lebt, wenn der andere ihn geleitet.
Ich verbrachte die Nacht unter Wasser.
Ich zog mich ins Innere meines Auges zurück.
Du kannst dich in Schlaf verwandeln, in Wellen. Du kannst
einen Kraken im Arm halten, baden. Du findest vom Hurrikan
zerschmetterte Häuser am Strand. Zertretene Muscheln und
Teeschalenscherben. Schütte die bläuliche Farbe auf Sand.

Geisterbahn

Emigrantenschicksale. Klarwasserzone. Flotatschaum.
Die Siedlung steht unter dem Triumvirat von Seepocke,
-pferdchen und -stern. Schlammüberzogene Pkws, russische
Flüche. Sperrmüll, durchweicht, aus den Kellern.
Sich totstellen. Den schon Verstorbenen Briefe und
Obelisken schicken. »Unser beim Stromausfall verdorbener
Kühlschrankinhalt wird uns bald von den Behörden ersetzt.«
Man folgt den Bewegungen, nicht dem Verstehen.
Man schiebt Rollatoren über die Bohlen der Strandpromenade.
Man will sich das Meer ausreißen, ein zu großes Auge.
Man sitzt vor dem Altenheim, Außenwelt über den Körper
gezogen, mit Blick auf die Wellen Odessas. Brooklyns. Odessas.

Candy Shop

Die nördliche Halbkugel schwimmt auf dem Wasser der Nacht.
Eiserne Leere, Skelett des Dezembers. Verlassene Fahrgestelle.
Gerüste verrosten zu Saurierknochen. Erschöpfte stöckeln auf
hohen Schuhen zum Fahrstuhl, am Pförtner vorbei, lösen Tickets
zur U-Bahn, zur Körperverschwörung im Schacht. Karierte Stiere,
die in Geschäften ertrinken. Die andern, die Wunder erwarten.
Kragen verzieren. Hungrig ins Bett. Bettelnde Möwen,
bettelnde Bettler. Da stehst du mit deinem Sandwich,
vor Menschen, die sich in der Erde verstecken. Der Sturm
war vorbei. Ich schnitt Sonnenscheiben, reichte sie weiter.
Sieh die zerschmelzende Leere, das Lichtmahl dieses Dezembers.
Sieh die Kanincheninsel, ihr blendendes Wintergesicht.

Künstliche Landschaften

… wie eine Art Box, die schnell einem Druck nachgab,
den jedermann für die Außenwelt hielt.

Phantomsteine

Du sitzt im Sessel, steif, als wärst du etwas Eingeschneites.
Die andern sind dabei und klatschen Beifall,
egal was wir tun, sie sind immer dabei.
Was mich betrifft, ich sah lange gut aus,
überall fand man Sofaecken vor, in denen ich zufällig
saß, ein brandneuer Fels.

Aber wie ein Regen, der sich am Horizont andeutet,
der aufzieht und uns einholt,
bahnte sich jedesmal eine Erleichterung an,
breitbeinig und im Stil von Hüpfkästchen, den
herausfordernden Kreidestrichen auf vergangenen
Bürgersteigen.

Selbstporträt mit breiter Masse

Lang und breit hat uns jeder gewarnt.
So hätte man es machen können, hieß es,
zu jener Zeit, da Einkaufen im Supermarkt bereits als kreativer Akt galt.
Freihändige Mahlzeiten waren damals wenig gefragt,
noch weniger als jetzt, da alle Linkshänder sein wollen.

Wir machen Schwarzweißkopien von uns selbst.
Unsere Namenszüge unter kleinteiligen Verträgen schwingen
wie ein resigniertes Kopfschütteln von Würdenträgern,
während draußen der Regen niederstürzt
mit freihändiger Wucht, wie immer.

Mein Auswärtstrikot

In den Rieselfeldern passierten wir ein rot und weiß
gestreiftes Postenhaus. Dieser Hundesommer hortete
Kronkorken, speicherte die in die Landschaft schmelzenden
Bierflaschenscherben. Unser Naturparadies, ummantelt von
waldreichen Pufferzonen, bestand bereits ansatzweise aus Goldgrund.
Es war der Wind, der hier nach Socken roch und uns folgte.

Inmitten stark bewachter Kiefernforste warst du wahrscheinlich
zur Gänze gelocht. In dir versickerte abwasserartig
das Sonnenlicht. Großteils. So ging es dir immer,
du wolltest persönlicher werden und wurdest nur angeleint.
Ich überlistete dich mit geviertelten Arbeitsplätzen
und der richtigen Auffassung von Seen und Flüssen.

Auf dem Landweg

Das All bestand diesmal aus eingeschmolzenem Altglas
und unbeschädigten Mädchen auf Ponys,
die zähneknirschend durch eine Art Grießbrei ritten,
beschirmt von der Beinahe-Windstille,
aus der sich ein Zittern schälte, ein Hitzefries
friesischer Provenienz. Das war die norddeutsche Ebene,
das war das Flachland wie auf einer Briefmarke,
rieslingfarben mit schrilleren Auswirkungen von Schatten.
Ich lobte die Gleichmäßigkeit, mit der sie sich fortbewegten.
Ich zählte nicht jenen, den endlos auf Einzelhaare zerspaltenen
Glanz einer Pferdemähne, ich horchte leicht unwirsch auf
espenlaubfahle, auf Mädchenstimmen. Niemand war wach.

Textaufgaben der Logistik

Ich trage es immer mit mir,
mein Politiktäschchen.
Darin die entsetzliche Leere der
Warenströme, etwas Pro-Kopf-Verbrauch,
den ich manchmal benutze.

Einkaufen und
Notzeiten
Sicherheit

Ich halte mich auch nicht an
Haarvorschriften anderer.
Gehe mit Pelzmütze in den
Supermarkt, ins Gemüselicht, in die
Obstfarben hinein und gewinne nach einem
Jahr der sorgsamen Auswahl ein
Waschpulver gratis.

Tatsächlich hat es vieles einfacher gemacht, und
die Dinge änderten sich zum Besseren,
als ich Verstärkung holte, sobald
die Notversorgung mit Moltofill begann.

Nun verfüge auch ich über ausreichend Gegner
für weitere Kriegsspiele mit Ohropax.
Wir stellen uns nur eine einzige Frage, diese
aber in wachsender Lautstärke:
Du sitzt mit Haferflocken im Nachtzug.
Mit wieviel Packungen kommst du ans Ziel?

Saugraum

Vorabend, 11. Stock, Wolkenbox. Die Gläubiger
warnten vor Glutamat, und ein bissiger Wind
drang durch die Ritzen der Schiebefenster,
pfiff diesen einen hohen Tinnitus-Ton,
aufsässig wie die unendliche Bildung von Schwärze
beim Verb. Draußen unter den Boxerwolken
trippelten in ihren Wintermänteln
die bestens frisierten Hunde New Yorks.
Sie gingen mit wirr verwickelten Leinen
in Zweier- und Dreiergruppen, die Mehrheit
trug schwedische Ledersocken mit Strickschicht.
Aber es reichte noch nicht zu Schnee.

Wir saßen im Saugraum der Fernsehprogramme,
lasen die gelben Fieberbegriffe, wir saßen in Wolken,
die aus der Küche kamen, an Glätte gewannen,
an Zähigkeit.

Schwarze Quadrate Manhattan

Kabinenhotels. Hinter Vorhängen nächtigen.
Botschaften aus dem Jenseits sind an den Wänden
fest installiert. Du willst im Schlafanzug
die Werbung erwarten, den Widerhaken,
der deine Enthaltsamkeit preist. Dir genügen
die Reize aufgeschnittener Plastikflaschen sowie
rostige Antennen beiderlei Geschlechts.

Blick in den Jahreskalender: Bald schon
könntest du dem 5. Aufruf des Apollon folgen.
Ewige Wiederkehr der Bildunterschriften, Grottensport.
Du schluckst folgsam alle Tabletten, die dir entgegenrollen,
wohnst schon seit langem in einem riesigen Haufen
Verbandsmaterial. Von draußen Geräusche deines Desasters,
jener Schrubber deiner Mutter, der die Treppe putzt.

Im Sandfang sammeln sich Auslaufmodelle,
auch winzige Gegenstädte von Kindern, nach den
Kriterien eines Autisten sortiert. Rechts alle Schwänze. Links
das Fiberglas. Mittig die Fluchtwegtüren. Du gibst dir Mühe,
bleibst liegen, um nicht auf die Schatten derer zu treten,
die in der Erde feststecken.

Dies ist dein Einweggrill, dies ist dein Haushaltsloch

Fledermäuse kreisen im Niedriglohnsektor.
Du siehst Gewinne verfallen und wolltest
dagegen gewesen sein, immer dagegen.

Voodoo-Meister verstopfen die Fußgängerzone,
stechen sich Nähnadeln in kleine Kissen
an ihren Handgelenken, verdrängen die Marktschreier
mit ihren Heizdecken und Gemüseschälern, ihren
Entsaftern und weiterem ekstatischen Küchengerät.
Warum bist du gar? Warum bist du schon
weichgekocht, ganz ohne Flamme, nur
unter Druck? Ich verschwende an dich eine Reihe
von Eierschneidern und Rouladenklammern, eine
Montageanleitung für amerikanische Kühltruhen,
aber der Bauchladen sitzt noch nicht richtig,
vermeide doch bitte die Ausfälle, denn es gibt keine
unverständlichen Einbauschränke, und schließlich
möchtest du es doch auch selber, ich werde es
hinkriegen, zwischen den Hunderten Fotografien
von Kunstrasen eine von uns.

Bachelor & Mastodon

Der Nachbar trägt ein bordeauxrotes, mannshohes Herbstblatt
in seine Wohnung. Bei uns kommen Bäume ausschließlich
in kleinen Dosen ins Haus. Etwas holzhaltiges Papier. Ein paar Möbel.
Die Bibliothek. Wir halten im Anspitzer Späne der Bleistifte vor.

Der Nachbar holt sich ein weiteres Blatt. Er behauptet, daß er
auf dem einen schläft und sich mit dem anderen zudeckt. Wir wappnen
uns gegen die Blätter der Welt, den bedrückenden Baumbeginn sowie
unangenehme Laubschwankungen, meiden vor allem die volle Blattgewalt.

Der Nachbar baut draußen am Straßenrand Unterstände, verfrüht,
wie wir meinen, für Weymouthskiefern und Coloradotannen, verstruppte
Douglasien und für Fichtenzweige in Vasen. Er übernachtet jetzt
in einem Unterstand. Und die ganze Straße riecht nach Harz.

Kyoto: Regional Evacuation Site

Die öffentlichen Grünanlagen in Japan dienen nicht nur der Erholung, sondern auch als Zufluchtsstätten, an die man sich bei einem stärkeren Erdbeben möglichst unverzüglich begibt.

Trinkwasservorrat

Die unerfüllbaren Wünsche aus Kinderzeiten krabbeln wie immer unter den Steinen. Im trockenen Flußbett treiben die unbunten Fotos von früher, auf denen man Algen sah, Haar oder Algen, jedenfalls gleitet etwas wie Seetang an deiner Hand entlang, ewig. Am Straßenrand steht eine Badewanne, die sich über Jahre mit Staub anfüllt. Ascheflocken sammeln sich an, leichte Schwebstoffe, kleine Partikel, die anderntags unter den Schuhen klebten, die sonst gerne breitgetretene Zeit ist hier zu Haufen geschoben und wächst sich aus. Staubflusen türmen sich, laufen über. Die Landschaft bleibt ungesehen, versteckt sich an feuchten Stellen. Du verlierst leicht die Übersicht. Du verlierst.

anderer Stil pro „Kapitel"

Plattentektonik

Du hast es vorhin noch im Schrank gesehen. Es war dein Gedächtnis. Jetzt gehst du ohne Gedächtnis zur Schlucht. Läßliche Sünden, denkst du nur. Schränke der Welt.
Häßliche, schlecht beschäftigte Felsen lungern herum, so wie du eine Zeitlang unter den Brücken. Man muß diese Steine genau unterscheiden. In solche, die viel zu verschweigen haben. Die andern, die auch schweigen, bloß ohne Grund. Du gehst wie immer Gedichte waschen am Wasserfall. Heute ist leider der Wasserfall außer Betrieb. Du öffnest die Schiebetüren der Felsen. Findest dort Fächer voll Fusselrollen, einige Gruselfilme und Erdbeerkompott. »Ich finde vor, also bin ich.« Du gibst dich geschlagen, entfusselst die ersten Gedichte. Nicht schnell genug. Du wartest auf Chöre, die jeweils beim Türenschließen beginnen zu singen.

Seismographie

Dies ist ein Jahr, in dem alles gedeiht. Die Lampe des Tages geht an, die Landschaft erscheint, und das Ich ist auf Posten. Unruhige Felsformationen rücken noch kurz hin und her, dann ist alles bereit.

Du schreibst ein Gedicht »Beim Anblick des Fuji«. Tempomuskeln. Veränderter Luftdruck, subtile Temperaturunterschiede. Im Hintergrund läuft der Handel mit Abständen. Einige Felsen formieren sich neu. Lackierte Papierschirme schließen sich, ändern ihr Muster, während die Landschaft ruhig daliegt und alles gedeiht. Du siehst den Vulkan, seinen Kegel, der raucht. Du bewegst dich gegenläufig zum Schwung dieses Kraters, du möchtest dich gegenläufig zu allem bewegen, was kommt. Dann glühende Lava mit der Gewalt alter Männer. Du schreibst nicht weiter. Du weißt nicht mehr, wer du bist, du erscheinst dir ganz neu. Und die Landschaft beginnt noch einmal von vorn.

Schutzhelm

Im Würdeverfall des Morgens sind alle Schwarzweißträume abgeschaltet. Die Steine am Straßenrand abgeräumt. Deine Gewährsmänner für Kunststoff packen dir ein Stück Wald ein, das wolltest du immer schon haben, den Wald im Kasten. Ein falsch gelagerter Wald bereitet viel Ärger, du suchst daher Sicherheit in der Verpackung und in den Seitenblicken der Kunst. Verschachtelungen, Erhabenheit. Dein Wald in knallrosa Plastik bleibt friedlich. Jedoch das Erhabene tröstet das Schöne: Auch ich war in dieser Gegend zu lange allein. Das Schöne will antworten, ihm fällt nichts ein. Das Erhabene aber bedarf keiner Antwort.

Notrucksack

Der Feldrand ist überbeschäftigt. Hektische Felder melden sich ab, dann wieder an, übernachten und weiter. Mal Mais, mal Getreide, nur Rüben schätzen die Ruhe und schlafen bis mittags.
Homelight-base, Basis der Heimatlichen Gefühle. Der Feldrand stellt Einwickelhöschen für schreiende Jungrüben, kühl, und noch voll von den Hinterlassenschaften der Nacht. Rüben finden das gut. Sie beruhigen sich, schlafen bis mittags.
Du legst dich am Abend dicht an den Feldrand. Erdiges. Baustellenatem. Objektkonstanz. Du nimmst eine Kapsel ein, du willst einschlafen. Zwergatmosphäre, Erdarbeiten. Einige Zwerge heben am Feldrand Röhren und Gänge aus, Löcher im unterschwelligen Bergwerk deines Bewußtseins. Du willst etwas gegen sie tun, hast fast einen Schatten unter der Achsel gepackt. Dann entfleucht er. Du denkst noch: Um eine kleine Tablette zu schlucken, muß ich im Grunde nicht extra rausgehen.

Worst Case Scenario

Dieser Park ist aufzustellen im Falle des Falles. Im Falle, da sich die Landschaft verabschiedet hat. Hinlegen, ausrollen, Bäume hochklappen. Schatten aufsuchen. Schatten darf jederzeit aufgesucht werden, sogar bei Sturm und Gewitter, selbst wenn dann kein Schatten gebraucht wird. Unsere Bäume kippen nicht um, und sie sind keine Leitkörper. Sollte dennoch ein Blitz einschlagen, so riecht es nur nach geschmolzener Folie. Unsere Bäume sind restlos recycelbar. Das Spiel besteht darin, den Rasen zu kämmen und nach Zigarettenkippen zu suchen.

Bannwald

Das Schöne am Wald ist seine Gefährdung. Du machst einen Schritt auf zerbrechlichen Ästen, auf Rasen in Rauchmehl, betrittst dann die Saugkraft von Moos, die dir mehr imponiert und bekanntlich selbst Tote bewältigt. Zu Hause stehst du ja höchstens auf dreilagigem Küchenpapier, betrachtest von dort aus die Aufwachbewegungen, Wachstumsschmerzen des Wetters. Im heimischen Wald aber faßt du das Wetter einfach in Merksprüche. Oben schweben genügsame Wolken in Form von Heiligenscheinen, unten wartet gefährdete Schönheit auf eine geschmackvolle Regenauswahl, nimmt auch mal Schnee. Der Wald selbst ist sehr voll mit Spitzen, Fetzen, Kernen der Lockerheit. Du lockerst dich auch, komponierst *raw materials.* Kartographierst das umgebende Wurzelwerk. Du wolltest auf Strohrohlingen reiten, jetzt reitest du nur auf den Mauern voll Moos, reitest deine Verwandtschaft mit unvollkommenen Pilzen zu Tode. Du setzt dich fest. Reitest weiter und weiter. Bis du auf Zweige triffst, die niemand vorhersagen konnte.

auch gut ✓

Taschenlampe

Ist das dort Regen hinter dem Fenster, oder doch nur deine Spiegelung, die sich bewegt? Du kannst das allein nicht entscheiden, du bist noch nicht stubenrein. Jemand hat diesen Raum mit Pappmaché zugestopft, und seitdem wohnst du lieber in Zelten mit fester Zinsbindung. Du arbeitest an Konservierungsfehlern und kochst in dem zuckrigen Birkensaft, den du aus dem Stadtgespräch ziehst, Personalakten ein. In deiner Versuchsküche werden Lappalien haltbar gemacht, vor allem gilt dein Interesse Meerschaum und Gischt. Gischt, besonders prekär, bleibt meist im Survivalmodus, der den Geschmack ins bedauerlich Bittere zieht. Du testest die Gischt, leckst zum Vergleich auch am Regen, probierst ein Stück Spiegelung. Füllst deine Katze mit Milch. Dann kommen die Manager der Bank of Kyoto, um bei dir für ein Wochenende Extremsport zu buchen.

Ersatzbatterien

Du mußt Mondgewohnheiten annehmen, bevor du dich aufmachst zur Plattform. Du mußt haushalten können mit deinem eigenen Anblick, bevor du beobachtest, was sich rar macht. Mondphantom. Ichphantom. Grauer steht jetzt die Kiefer und schwerer über dem See. Ein Ast überlappt schwappendes Wasser und das, was herausfiel aus allen Bedingungen. Du beginnst in den Schattenzonen und suchst die geheimen Grundlagen dunkler …, wovon? Einzelne Zweige fliehen vor dir in den Wind. Du versuchst es mit Einfühlung, aber die Wälder ziehen sich weiter zurück in die Abgründe deines Bewußtseins. Ihr Sinn erschließt sich allein den Gedichten in Schönschrift. Der Rest ist Gekritzel. Du reißt Wasserfälle von den Kanten ab und verstaust sie in Seerosenteichen. Einzelne Wellen schlagen noch an den Strand. Deine Farbe versandet. Was du behältst, ist bloß das Gefühl einer wolkigen Obrigkeit, die dich streng überwacht. Letzte Dinge drängen sich auf, eingeschlagen in schönes Papier. Die Geschenke hättest du besser ungeöffnet gelassen, sie enthalten, du ahntest es schon, nichts als Wasser. Dann ist der Damm gebrochen, jetzt kannst du dein Pathos zurückfahren. Definitionen von Dämmerung: Wenn sich der Mond in dir spiegelt, herrscht Nacht.

Kiefer!

Matsushima, Park des verlorenen Mondscheins

Dunkelgrün stehen die Kiefern. Ihr Geäst, ständig vom salzigen Seewind durchrüttelt, ist durchweg verkrümmt: dies von Natur aus Knorrige und Gewundene sieht aus, als wäre es noch zusätzlich, nämlich von Menschenhand geformt.

Matsuo Bashō, Auf schmalen Pfaden durchs Hinterland

1 Schwarze Schildkröte des Nordens

Kiefernwald, raumschwarz, rakuschwarz.
Ein Teegefäß, in dem sich die Nacht ganz niederläßt
mitsamt den zerklüfteten Küsten, den Borken,
Nadeln und trockenem Gras,
während sich
der ungeheure Wind dagegen stemmt.

Aomori. Ōsaka. Tottori.
Kannst du
ortskundig sein und doch sinnlosen Sehnsüchten folgen,
dir selber die Auskunft verweigern, böse, genial?

Dies ist die Schwarzkiefernküste von Japan.

Kiefern!

– wieder anderer Stil

2 Land des dunklen Körpers

Ich bin der Mönch X. auf der Reise nach Matsushima –
so würde ein Nō-Spiel beginnen.
Unter der Mönchsmaske reise ich, Pilger und
Wanderpoet auf den Pfaden der alten Meister
der Dichtkunst. Unruhig, wie Wolken vorüberziehen,
bin ich gen Norden geeilt, sah ich Berge in Schleier gehüllt,
welcher Fuß war der Fuji – ich wußte es nicht.

Schlierenaufnahmen, Rauchfadenbilder,
        du siehst wieder deine
                Schwarzweißreisen, einst.
Kiefernwald
        durch beschlagene Scheiben, entgleitende
Haltepunkte, die einen zubetonierten
                                                Hintergrund nachziehen.

Nebelregale, Reiseregen, du hältst es für Übungswetter,
bei dem du nicht weißt, was du anziehen sollst. Dein
Vergänglichkeitstrainer rät dir zu langen Gewändern,
vollgesogen mit Gräsern und Dämmern.
                                                            Sämtliche
Wolkenbänke wollen durchstoßen sein, flüchtiger
Stuck an der Decke des Alls.

Du, Astronaut eines Hallraums
knackender Plastikverpackungen,
blätterst im Schlaf deines Nebenmannes,
gleitest von einem Wartesaal
in den nächsten,
erinnerst dich an elektronisches
Vogelgezwitscher im Bahnhof, an

Bashōs Grab in Ōtsu:
Mücken!
nur Mücken!

Suche nicht, heißt es, nach Spuren der Alten,
suche das, was die Alten suchten.
Schnell bin ich gereist mit dem Superexpreßzug,
Meilen um Meilen, nur ein Gedanke, schon
komme ich an. So reisen Geister.

So viel aus Roman

3 Der Seegrasgarten

Der Rezeptionist weist mich ein in mein Zimmer
hoch auf dem Hügel. Die Aussicht ist eingetrübt,
eine Broschüre, die lange im Wasser lag.
Der Tsunami war hier, doch die Inseln der Bucht,
die zahllosen Inseln, konnten die Wucht der gigantischen
Woge mildern.

Matsu, die Kiefer.
Shima, die Insel.
Was suchte Bashō hier auf den Pfaden von Saigyō,
was suche ich auf den Pfaden von Bashō?

Du willst dich dem wilden, dem sagenumwobenen
Norden nähern, gefährlichen Wassern, von der
Vergangenheit überwacht.

Du erträgst die Verschwendung von Holz,
von Blautönen, auch
das vertrauliche Altern der Kiefern
direkt vor den Fenstern,
schon jetzt vermißt du ihre bizarre Kontur.

Du überquerst leere Parkplätze, die
mit dem Zeichen der Welle versehen sind,
lebst deiner Sehnsucht nach Mond und Befehlen.
Sämtliche Pfeile auf Fluchtwegschildern
weisen nach oben, hoch in die Luft.

Ich gehe den Hügel zu meinem Hotel auf und ab,
rasche Tage, durchquert mit der sanften
Bewegung von Seetang –
aus grauen Büschen voll Plastiktüten
steigt ein unwirklich blasses Gestirn.

wie
im
Roman

4 Die Kieferninseln

Schneebewegungen, Schwingtüren, aber warum
ohne Not einen grenzenlosen Gegenstand sehen.
Gischtspritzer, Wassertricks, weißliche
Wunden taumeln, Impulse des Vordergrunds.
Stiebender Flockenbock, der sich zur Uferbefestigung
vorkämpft, versinkt.

Der Anblick von Wolken hält warm.
Um die Imbißbude sammeln sich Bustouristen,
die Austern mit Sojasoße beträufeln, mit Stäbchen
aus ihrer Schale lösen.

Du bist am Ziel, du stehst
mitten im japonisierenden Wandbehang,
der in den 70er Jahren das Wohnzimmer
deiner Großtante schmückte, ein schwarzblauer
Holzschnitt von Kawase Hasui, Mondlicht,
auf ein Geschirrtuch gedruckt.

Inseln der Seligen, Hunderte Inseln, manche
bieten nur Platz für einzelne Möwen, ausgehöhlt,
schroff von der Flut geformte Gesteinsbrocken,
auf denen knorrige Schatten schwanken, hagere
Greise, die sich dort anklammern, Kiefern, gebeugt
über die dunstige Strömung der Bucht.

Du bist am Ziel, stehst inmitten der Dinge,
die Raum einnehmen,
um deine Uferlosigkeit einzudämmen.

5 Tanz der Finsternis

Insel Ojima – nichts als ein Stelenwald. Steinmonumente,
in welche die Texte der Weisen gemeißelt sind. Steine,
auf denen die Zenmönche saßen, die sich für immer hier niederließen, um sich mit allem, um sich mit nichts zu verbinden.

Ich stehe am Ufer, höre die Wellen gegen mich schwappen.
Hallen aus Heimweh schleifen über die Steine am Strand.
Hier traf Bashō ein, er kam übers Meer.

Nachtkokon, Mondbrokat –
Steine in seidenen
                                Schimmer gekleidet,

                                maiestas: die Inseln
im Schattenpelz, Inseln
in übermäßigen Mänteln,
wie man sie Kleinkindern, Thronfolgern anzieht,

Mode aus zweiter Hand,
                weitergereicht über Generationen.

Es sind die halbvergessenen Felsen, die in
Erscheinung treten,
die Karakulschluchten, rauchigen
Abhänge,

                informelle Gesteine mit Fell überzogen,
lange Geröllärmel,
                        überrauch,
                                vollrauch,

Scheinärmel auch mit glänzenden Stellen,
Ritualroben, die in Quecksilber baden.

6 Geschichte des Rezeptionisten

Er will niemandem mehr gefallen.
Er sucht etwas anderes, was.
Leere Herzen, geregelte Berge.
Er will fett werden, aber gefährlich.
Er will sich in Tunneln herumtreiben,
Merkspruch werden.
Er hält sich an Hintergründe, gibt sich dem
Hintergrund hin, was ist Hintergrund.

Denkt er noch manchmal daran, wie er
Hintergrund war für die schwarzen Kiefern
an einem Abend im März, er stand da,
ganz umschwirrt von den ständigen Botschaften
seines Heims. Durch den Stoff seiner Hosentasche
blinkte das Telefon, Vorrat an Glühpunkten,
den er bewahren wollte. Er stand an der
Bahnschranke, denkt er noch manchmal

daran, an die Kiefern, die maßlosen Dochte
mit nachtschwarzen Flammen, Kronen.
Er sah lange zu, wie der ganze Wald brannte,
sein Telefon blinkte noch immer mit
heimleiterhafter Fitneß; er war gerne
Hintergrund, aber die Alten sagen: Wir
kennen ihn, kennen ihn seit seiner Kindheit,
wir kennen ihn besser als er sich selbst.

Er steht am Markierungsstrich auf dem Bahnsteig,
unverwandt, auch wenn kein Zug fährt, schon lange nicht mehr.
Seine Fußspitzen hat er exakt auf die Kante
des Striches gerichtet, berührt sie beinahe und blickt
auf die alten japanischen Männer, die dort mit Stahlbürsten
kontaminierte Schichten vom Randstein kratzen,
so, wie man Moos entfernt aus den Bürgersteigritzen,
mit kleinen Küchenmessern, im Knien.

7 Doppelillusion

Der Rezeptionist betritt höflich mein Zimmer,
fängt eine Mücke, harkt Mondschein mit nachtgrünen
Nadelbüscheln, die ihm aus allen Fingern zu sprießen
beginnen. Der Kieferngeist tanzt.

Landschaft, durchzogen von Rauchmeldern.
Halbwald. Kaltwald.
                                        Klimaanlagen
verfahren wie Schlaf, blasen Gewichte
nach innen,
                          ziehen dich mit
in ihr fremdes System.

Dunkel bemooste Wolken wandern
über nur flüchtig vorhandene Berge
und treiben weiter
                                  in etwas hinein,
            was gut und gerne das Nichts
sein könnte,
wäre es nicht bereits
etwas, Verhangenheit, Teil eines Parkplatzes,

vollkommen leer, bis auf ungezählte,
mit weißer Markierungsfarbe umrissene
Buchten. Regen
                          kommt hinterrücks, überzieht
den Asphalt mit einem Tierschwarz wie von
Gummilappen, die an den Flughäfen langsam
über die Koffer streifen, wenn das Gepäck
auf dem Laufband über die Schwelle fährt.

    Secret teachings:
    …

Du nimmst deine Einparkgewohnheiten
mit in den Schlaf.
Du kanntest die Frage nicht, aber
du hattest die Antwort.

8 Koniferenkunst

Wer auf dem Boden gelegen hat, trockene Moose an seinem Pullover, nimmt seine Maske auch im Schlaf nicht ab. Sie ist alt, das Holz innen nachgedunkelt, der Lack auf der Außenseite vergilbt. Wer unter Kiefern liegt, Wangen an Wurzeln – ich bin ein einfacher Wandermönch, meinen Kopf auf Kissengedichte gedrückt.

A: Teezeremonie

Du trittst in Gartenschlappen hinaus
auf den Teepfad, hinein in die Atmungswärme
von Pflanzen. Wälder,
                                        ins Leere gehängt.
            Moos-Odem,
                                Moos. Bewegungen aus der Natur
kamen zu nahe wie zahme Tiere in Städten.

Hier willst du Unfertiges hegen, Morgendunst,
die Scheu beibehalten vor schneckenartig, vor ein-
gerolltem, vor Farn.

Du harkst alle Kiefernnadeln zusammen,
streust sie auf kunstvolle Art neu aus.

B: Bonsai

Festgefahrene Wolken,
grollende Kronen in einer gewissen
                                                Entfernung,
wie abgerückt, immer weiter,
                                je näher man kommt.

Du stehst auf der Leiter und kappst junge Triebe,
justierst
die unsichtbare Verdrahtung nach.
Gestaltest die Nadelkissen, die winzige
Blitze schicken,
wirst dieser Ast,
zu Gewitterfronten geformt.
Donnerkontur oder locker
zusammengeknülltes Papier oder
Sumō-Ringer:
Undinge, Baumgruppen. Uferbewuchs.

9 Päonienschnee

Den Blick halten, nicht mehr zurücknehmen. Bäume behaupten,
daß sie sich ausschließlich aus meinen Träumen ergeben.

Du wartest vor leider geschlossenen *scenic spots*,
vor tiefschwarzen Kalligraphien, vor Busch und Tal.

Sapporo. Sendai. Noboribetsu.

Langsam erreichst du das Pflanzenmaximum
deines Schlafs, Tuscheflecken, die sich im Wind

immer mehr vergrößern. Beinah-Gestalten umwehen
die Lagerhallen. Geräusche von Grauguß-Bremssohlen

härten noch über der Landschaft nach. Du stehst
auf der Brücke auf rutschigen Harschkrusten, wartest

auf jene Belebung des Dunkels, die sonst nur Fernsehgeräten
zukommt, den grauen Begleitern in leergeregneten Städten.

Füllest wieder
Füllest du
Fülle doch

Die Teeschalen tragen in diesem Land eigene Namen.
Hier wachsen Kiefern aus Mondschein, aus Schnee.

Literatengarten bei Shanghai

Wenn ich auch weiß, daß die Zeit nie zurückkehrt,
Verharre ich doch eine Weile und schreite umher.

Aus den Neun Gesängen der Elegien von Chu

Gartenplan

Aus einer geschützten Ecke heraus
läßt du den Raum entstehen.
Frag jetzt nicht, wo die Ecke herkommt,
sie war bereits da.
Du erschaffst die Stimmung von Bambuslaub,
ein enthusiastisches Zittern im Nichts.
Drei einzelne Bambusstengel, niemals
zur Gänze zu sehen, ein Teich, eine Jahreszeit:

Du läßt den Raum entstehen
samt einer geschützten Ecke, aus der heraus
du im weiteren operierst. Der Wasserspiegel
des Teiches steigt auf, Bilder von Bambusblättern
fallen durch seine Oberfläche hinein in die Tiefe.
Du hast alles richtig gemacht, ein paar Wolken
gebannt, etwas Glanz verteilt.
Du stellst einzelne Steine auf und klebst ihnen
Gesichter an, Ahnen.

Nun iß die gesalzenen Pflaumen, iß den gesamten
Schauapparat der im Tee wieder aufgegangenen
Chrysanthemen.
Fotografiere die Kinder in Blütenhaltung, ihre
Hände als Hüllblätter unter dem Kinn.
Komponiere die steinigen Massen am Eingang,
vervollständige deine Anlage mit einer Geisterwand.

Du hast den Nachmittag mit der Suche
nach schönen Gelehrtensteinen für deinen
Schreibtisch verbracht. Wirf abends
den einzig geeigneten Stein in den See,
merk dir die Stelle, wo er versinkt, und warte
ein paar hundert Jahre.

Tigerelegie

Schwarzer-Bambus-Park Peking: Laß uns durch leere Stellen
in ihn hineinfinden, laß uns Passagen tief in den Stangenwald,
und ihn von innen her auflösen, bis er zu dem geworden ist,
was er von Anfang an war: eine Bewegung, so lautlos und
drückend wie Schnee, die Erinnerung an eine weiße gestreifte
Raubkatze, die jetzt in Tausende Bambusstäbe zerfällt.

Unterhemd, Krallenhand: Alte Chinesen üben am Lotusteich
zwischen den Hochhäusern Gleiten und Sprung, den Biß in die Kehle,
ehren den weißen Tiger des Westens, das große Insekt. So
stehen, im Schatten der Schattenboxer, die Pfote erhoben, den
Kopf auf die Schulter gedreht, sich als Übersprungshandlung den
Pelz lecken, jenes tief in die Leere gefaltete Fell.

Im Käfig des eigenen Körpers: weich werden wie ein pendelnder
Streifen, Schwanz eines Tieres, von Blättern kaschiert. Die helleren
Stellen im Schattengitter studieren, nicht länger an dem hängen,
was sich durch fremde Gedanken verändert. Sieh auf die Greise,
wie sie die Schubkraft der jungen Bambustriebe kopieren.
Laß uns den Tiger umarmen und ihn zum Berg zurücktragen.

Mock Rock

Einen Sommer lang wartete ich
auf den Anblick von Kiefern im richtigen Licht.

Die tägliche Kaffeetassenverschiebung
auf meinem Frühstückstisch stellte die Mondphasen nach,

ich hielt mir die Dämmerung warm und
verbrachte die Tage mit Warten.

Jeden Abend ging ich hinaus in den Wind,
um die Kiefern zu sehen, Erscheinungen auf der Schwelle.

Mein Nachbar stellte Scherzfelsen aus Plastik auf.
Er versteckte darin den Hydranten, als ließen sich

aus der Welt Elemente einzeln herauslösen:
die Kiefer auf ihrem Felsen, die Insel, der Teich.

Ich trug meinen *rock absorber* auf die Terrasse.
Mein Nachbar sprach über den Gartenzaun

von seiner Neuanschaffung mit Stolz.
Er pumpte die wetterbeständige

PVC-Hecke auf, und ich lief wie ein Tier
mit der Sehnsucht nach nichts Bestimmtem,

zeigte ihm schließlich den Anfang des Mondes,
der aber schon kaputt war und niemals voll werden wird.

Firefly Landscape Laser Light

Literatengarten. Landschaftsleihung. Juninacht.
Auf Glühwürmchen wandern. Auf Bruchkanten, Glanz

alter Straßen vor neuen Garagentoren, auf hartem
Asphalt, der *asphaltos*, der Unzerstörbare, heißt.

Mir gehörte die Hälfte des Graus, die Hälfte der
Langeweile, der geistigen Einkünfte dieser

Gegend. Ich besaß alle Steigerungsformen
von Heiterkeit: Lichtpunkte kamen auf,

fraßen zwei Sätze mürber Karteikarten,
näherten sich echten Blättern und Kindern im

Sommerschlafanzug, besetzten den
Rasenmäher. Gern hätte ich sie über Blütentapeten

der Nachbarschaft wandeln lassen, sie auf die
Betonmäntel fremder Behausung gesetzt.

Damals versuchte ich, früher zu Bett zu gehen,
doch immer kam Lärm von der Straße bis tief in die Nacht,

kicherten sie auf dem schwarzen Gartenteich,
schwirrten sie blinkend zwischen den Büschen,

ich ließ sie gewähren, ich wußte zuviel über sie, doch
war dies nichts anderes als eine Form von Zuwendung.

Mondbetrachtungspavillon

Jagender Himmel. Streitrosse, Schweife
in Fetzen und hastige Herden. Herbeigleiten. Weiter.

Mond streicht über Kiefernwipfel mit hohlerer Hand,
wie man Schlafloses anfaßt, mit Vorbehalt,

Dinge fallen in dunkelnde Häuser ein,
Zufälle, Kuchenteller, von Nachbarn gebracht,

Dinge finden sich in der Unbestimmtheit der Küchen,
rieselndes Zwielicht, Gegenschnee, der fehlt

in den Gesamtschneesummen, reißt Löcher
ins Grau, und ich nenne es Töpfe.

Ich war doch gut in Wald. Ich sah den Abend-
handschuh nach den Hügeln greifen, die Kiefern

unten an den Stengeln pflücken. Ich wollte
ähnlich sein, ich drehte Teetassen,

ich drehte Berge um. Außenstehende
können dies niemals erfassen. *Ach Mond,*

schöner Schein, wem gleicht dieser Raum,
den du ungefragt füllst? – Mir steht in

dieser Nacht sein Licht vor Augen, wandert
verworren, dunkel, ungemäß, wie ich.

Taihu-Steine

Flirrender *raptus*: Die göttlichen Blöcke
stehen vor Bambuswänden, vom Licht in Gewalt

genommen, vom Gegenlicht. Höhlen und Gänge,
durch die weiße Wolken treiben. Steine,

die unbegriffenen Ränder um etwas mit Licht
Getränktes, mit viel zuviel Licht. Abends

spült ihnen der Gärtner zärtlich den Staub ab.
Die Steine falten sich wieder zusammen, verdichten

das Tageslicht zu den schwarzen Löchern der
Einbildungskraft. Soeben sah ich den Grat noch

verbrämt mit goldenen Borten, empfand ich die
Kanten, an denen der Stein sich in Licht auflöste.

Jetzt bleiben Dellen voll Wasser. Cutaways,
angebrochene, aufgebrochene Steine,

in denen nichts ist außer Stein.
Du denkst an aufgeschnittene Automobile,

in denen der Blick aufs Getriebe freiliegt,
wo sich die Insassen vorschriftsmäßig

auf den gehälfteten Sitzen halten, still-
schweigend, Modelle einer langen Fahrt.

Graue Eminenzen

Stimmen von weit her besprechen die Berge.
Stimmen, die alt werden, ohne erwachsen geworden zu sein.
Stimmen, die uneinig sind, was gesagt werden soll
und was überhaupt man als Berge bezeichnet:
Jene geringe Erhebung im Nebel,
jenen Komplex aus Unsterblichkeitswillen und Plattentektonik,
die Fehlstellen eines gleißenden Himmels,
        behängt mit wattigen Wasserfällen,
die Ferndiagnosen sowie die gefälschten Teile der Landschaft,
hinter denen man richtige Teile vermutet, denn
hinter der Landschaft kommt immer noch mehr.
Hinter der Landschaft kommen die Planspiele.
Berge, ein Bild, das nicht aus dem Kopf hinauswill.
Aber die Berge sind da.
Die Berge hat man in den Garten getragen und wartet jetzt ab,
        was sie machen.
Ein Berg besitzt Landkarten, die die Reviere der Tiere zeigen.
Er springt hin und her, je nachdem, welches Auge ihn sieht.
Ein Berg balanciert Licht und Schatten auf Messers Schneide.
Ein Berg ist auf sich allein gestellt wie ein Pilz.
Die Stimmen sind uneinig über den Wolkenfundus und wem er gehört.
Sie beschließen zunächst: er gehört nicht den Bergen.
Das Animalische, sagen sie, wachse zur Nacht.
Es zeigt seinen Buckel denen, die auf die Wolken Anspruch erheben.
Stimmen beschließen, künftighin Wolken genauso zu malen wie Schafe:
mit rund aneinandergefügten Arkaden.
Ein Berg stellt sich dar als Einzelarkade,
als Zeichen für Wolkenausschnitt oder für Schafsfragment.
Die Stimmen meinen, die Berge sind wir.

Scholar's Rock

Spötter nennen ihn: Stein für ein Goldfischglas,
doch der Gelehrtenstein auf meinem Schreibtisch

enthält das subtile Shanghai, einen schwarzen,
schlafenden Drachen, der geistig gemeint ist.

Man sieht in ihm noch jenen südchinesischen
See, der ihn formte: die gleiche gespannte,

spiegelnde Oberfläche, die hier und da aufbrach,
spritzte, sich überschlug. Die sich bäumte

unter der Last der Landschaft, die in die Tiefe sank
und wieder auftrieb wie abgerissenes Seegras.

Äußerlich tritt er in Form eines steilen
Gebirges auf, Klüfte und Faltenwürfe

wie über Jahrtausende endlich zu Ende gefaltete
Hände. Sturzbäche, die langsam einsickerten

ins Gestein. Schmale Pfade, Kugelbahnen,
auf denen ich Dracheneier hinabrollen lasse,

ewiger Staubfänger Kontemplation. Nur einmal
verhielt ich mich ruhig,

und mit der Gelassenheit von etwas sehr Großem
kam dieser Berg auf mich zu.

Stark prosaisch

Hirschgehege, nach Wang Wei

Leerer Berg. Niemand ist sichtbar.
Nur menschliche Stimmen hallen herüber.

Wir sind unter Felsen gestellt wie unter Arrest.
Unter Verdacht. Du fütterst Karpfen auf der Terrasse

mit Blick auf die Steilwand, den wolkenbedeckten Gipfel,
der seine Energie aus der Umgebung zieht.

Du übst heimlich Handhaltungen, die dir nicht
entsprechen, zeigst weiße Knöchel wie damals,

als wir zum Geburtstag eine Handvoll Öl bekamen,
schillernd ausgebreitet auf dem Gartenteich.

Du verbrachtest die Nacht damals an einer Straßenkreuzung,
atmetest Reihen von kreisrunden Scheinwerfern aus, eine

Wolldecke um deine Schultern, die mit gepunktetem
Damwild bedruckt war, und ganz überströmt

von Falten des Ausharrens
wie dieser Laubbaum, glitzernd

im sinkenden Abendlicht, von dem plötzlich etwas
auf dich herabfällt und dich beim Weitergehen behindert,

dieses emphatische Glitzern, ein Fangnetz aus dünnem
Lametta, das dich zappeln läßt in der Dunkelheit.

Helsinki, Sibeliuspark. Elegie

Meine Musik hat nichts, absolut nichts von Zirkus;
was ich zu bieten habe, ist klares, kaltes Wasser.

Jean Sibelius

Eine ganz andere Antwort auf Frost

Birken, gilb. Birken, fiebrig. In ihnen der Wind
vom Polarkreis und in diesem Wind die Kargheit
des Landes. Pantoffelprogramme. Das Denken in Wänden

hat wieder eingesetzt. Birkenfieber. Karelien,
sienafarben, citron. Schon überhandgenommen
haben schwebende Sektoren. Fieberbirken

schwirren in heißer Milch mit Honig, lassen sich
mit einer Löffelbewegung in Drehung versetzen.
Man selbst ist der Herbstnebel, weich und allgegenwärtig.

Stetig ausbleibender Schnee

Leitplanken, infinit, Kufen enormer Barockschlitten,
feiner und feiner geschliffen vom finnischen Licht,
gleiten entlang der Elchpfade durch das zu Nestern

vertrocknete Gras. Harzgeruch steht über der
Autobahn. Alles bewegt sich langsam auf jenen
Moment vor dem Schnee zu, aufgehalten durch Kleinigkeiten:

gezuckerte Bucheckern oder ein nachgetragener Schal.
Es hat nicht gereicht, den Raum in die Länge zu ziehen,
die Breite. Jedermann findet, es müßte längst schneien.

Vorschriften zum Gebrauch des Gemüts

Nur weil die Dinge sich änderten, ein gelbes Blatt seinen
Platz verließ, läßt ihre Überzeugungskraft nicht nach.
Nur weil die Blätter in glatten Spiralen auftreiben,

hat diese Landschaft noch keine Rückseite. Übe
Genügsamkeit. Hüt dich vor Überdruß. Es ist die Stunde
nachmittagsstiller Birken, bevor alle Dinge

kippen. Es ist die Stunde schmelzender Polkappen,
tauender Taiga. Jeder gefilzte Felsen im
Dekorationsgeschäft möchte ein guter Verlierer sein.

Birkensaft

Dieser Park ahmt den Landschaftsraum Lapplands nach.
Flechtengesellschaften, Moosbeeren, Sehnsuchtsvokabeln
des Minimalismus. Man sitzt auf der Bank, eine Filter-

brücke für Pilzwitze, hat seinen Blick auf die senkrechten
Leuchtstoffröhren der Birken gerichtet und achtet jetzt
stärker auf innere Arten, die aussterben durch

Beunruhigung. Kiefernzapfen. Man sitzt dort, im Rücken
verschraubt mit der borealen Nadelwaldzone,
muß Rücksicht nehmen auf leicht zu störenden Schnee.

Lenins Umkleidekabine

Im Kopf noch das finnische Zimmer, in dem Lenin nächtigte,
als er zum ersten Mal Stalin traf. Textilzentrum
Tampere, Arbeiterhalle, und Lenin auf Tuchfühlung

mit einem moosgrünen Sofa, aus einer Zeit
gebrochen, in der man noch Polster mit trockenem Seegras
füllte. Eine Brille, Zähne und Krallen,

der Abdruck von Pranken auf einem Beistellschrank.
Große Gesten, konserviert in Graphit.
Hier wechselte Lenin langsam seine Gewänder.

**Wer will schon tief in der Einöde wohnen,
dort aber auf dem Verkehrsknotenpunkt**

In einem Hochhaus leben mit Blick auf den See.
An der Autobahn gleich hinter der Schallschutzwand.
In den Abfällen anderer schlafen, in ihrem Lärm.

Die verstrahlten Rentiere Norwegens taugen nicht mehr
für Konserven. Das eigene Spiegelbild rutscht wie ein Herbstblatt
über die weiße Emaille des Küchenherds, während

nahe der russischen Grenze ein Bär eine Joggerin
anfällt und frißt. Man verliert sich im Glast der Werbe-
broschüren, wiegt sich im schimmernden Wahn des Sees.

Man behält die Angst vor Leuten,
die mit Kinderstimmen sprechen

Ein Wind, weich wie Bier im Braunglas, ein Wind, der die Aussicht
auf Stützstrümpfe frei macht, ein Wind, der die Nylonleine
am Fußgelenk strafft. Drachenhüter auf Klappstühlen:

Aus ihren Mündern flattern Spruchbänder, Jacken
knattern, und während sie unten die Schnur halten, findet
oben der Ausweg nach oben statt, klatscht ein Flicken

auf den grauen Wolkenschlauch. Was also
ist Arbeit? Die Produktion von Flug und Vergeblichkeit.
Und ein Wind, der Blätter steigen läßt.

Teershampoo

Da stehen sie draußen in brüchigen Stadtplanfalten,
renaturierte Trümmerberge im Rücken,
und sagen alle zu sich selbst: Halt dich gerade.

Halten sie sich also gerade und stehen
undankbar herum. Bis zum Knie in Lupinen.
Hier läßt sich die Landschaft zuklappen. Sie, mit ihrer

Spiegelung unterwegs, erkennen sich selbst
am kalten Geruch, der sich in den Frisuren festsetzt,
weichen dem Niederschlag aus, der allen Platz beansprucht.

Der politische Jugendstil

Birken stehen in schimmernder Selbstkritik,
Birken in Leerhypnose, Birken im Licht. Ist dies
der geeignete Zeitpunkt, entschlossen die Schönschrift

aufzugeben? Könnten die nachkolorierten
Königskerzen auf der Verkehrsinsel schließlich
doch noch dein Leben ändern? Knäckebrotleicht schnappen

Pudel in Warnwesten nach der wirbelnden Luft,
dem Wind. Richtungspfeile weisen auf Baumkronen,
in denen endlich der Trickfilm vom Laubfall beginnt.

Geliehene Landschaften

letztes „Kapitel"

Und wenn es nur ein leeres Feld ist, zieh deinen Vorteil daraus und benutze es als nebligen Hintergrund.

Aus dem Gartentraktat Yuan Ye von Ji Cheng

Es kehret der Heimatlose
Zurück zu moosigen Wäldern

Georg Trakl, Fragment 7

7 Fragmente

Mir gebrach es an Schlaf.
Ich hatte die Polsterheimat
lange verlassen.

Ich wollte ins Graue zurück, in lauernde
Ausschnitte aus einem Traum.

Ölkörper harrten in Transitzonen,
Brutbecher
wiederholten sich, Resignation.

Ich war tagelang wach mit der Vorstellung
eines schwarzen Gartens. Dämmerungsbrocken
beobachteten, was ich tat.

Ich lag in der Kiefernschonung und dachte
in Blättern, folioser Wahn.
Ich dachte in Wuchsformen alter Meister,
dachte in Waldlabyrinthen, die blind
an der Rinde endeten.

Hatte ich nicht bei akribischen Zweigvergleichen
Einschlafhilfe gesucht.
Hatte ich nicht die einzige Einschlafhilfe, die Liebe,
lange verlassen.

Hypnum, Schlafmoos. Hypnotisches Moos.
Ich war vollgesogen mit Visionen, ein Kissen,
auf welches der Wald sich bettete.

Jülich – Grevenbroich – Erkelenz

Ein energisches Dreieck, farblos und flach aus der Luft
gegriffen, breitete sich auf dem Boden aus. Beängstigend blau
kontrastierten dazu Attribute der Arbeit, der Freilichthimmel,
die Overalls, die kommenden Seen (die größten Europas).

Absetzer schoben das Erdreich zur Seite. Die Unveräußerliche,
die Leere, gähnte gelangweilt. Wir standen am Rand
vor vernichteten Flächen, vor der Gewaltenteilung
in Bagger und Bänder (die größten der Welt).

Machtvolle Kohleflöze noch einmal in Hoheitspose:
Was Wald war im Tertiär, stand schwarz und schwieg.

Alarmbereit wir, die kurz eingeglitzerten Sedimente
der Erdgeschichte, wir atmeten Staub, fraßen Staubgardinen,
die in den Geisterdörfern noch immer hinter vernagelten
Fenstern hingen, wir wanderten langsam die Abbruchkante entlang

wie die umgesiedelten Friedhöfe. Aus neuen Schläuchen stieg
weißer Niesel, beschwichtigende Berieselung – Mondlandschaft
verschlang uns die Sprache. Das Loch hinter Schleiern nur halb
zu sehen, während wir selbst den Prozeß der Inkohlung durchliefen,

unter dem täglichen hohen Druck stille Kammern voll schwarzer
Sonne, leicht zu verheizen, Waldkonzentrat.

Beim Anblick des Fuji

Ich sah seine Vorderseite und sah
seine Rückseite zur gleichen Zeit.
Er trug lange Handschuhe aus eleganter
Bewölkung. Trug Schnee oder

Kirschblüten: war dieser haltlose Ort, dieser
schwebende Gipfel, ein Zuckerhut, schon
halb geschmolzen in der Feuerzangenbowle,
der langsam den Fächer aufnahm und tanzte.

Der alternde Frauendarsteller Bandō
bewegte den Samtsaum seines Gewandes,
versetzte die Glutkerne in uns behutsam an andere
Stellen. Wir waren Lampions um seinen Ruhm.

Bestiegen wir nicht den sterbenden Berg,
umwehten uns nicht seine Nebelärmel,
ließ uns nicht jene Handbewegung wie fallender
Puder auf den pulsierenden Kuppen ruhen?

Der Damenhafte: Er trug noch die Spuren von Spiegeln,
dem unruhigen Licht in fremden Gesichtern.
Sanft hingelagert, zeugte von ihm eine seltsame
Glasigkeit, die die gesamte Gegend einnahm,

ich sah seine Vorderseite und sah seine
Rückseite, sah, wie er Schlaf spielte, gleichzeitig
Halbschlaf und Tiefschlaf spielte und selber
hellwach war: der Schlaf von Vulkanen.

Mönch und Jungfrau

Du schläfst in stabiler Seitenlage am Rande
der Alpen, am Rand der Verbreitungskarten
rotkarierter Lawinengefahr. Thermikzieher

schrauben sich durch die Habitusbilder der Skigebiete,
und Abluft in haushaltsüblichen Mengen verfängt sich
in Hecken, steigt auf zu den glitzernden Wolken der Welt.

Wir traten in diese Gespanntheit aus Felsen und Schnee.
Du mochtest die radikale Privatheit erwachsener,
kontemplativer Landschaft, Sakralgewand, Faltenreichtum

der Sprache. Sie glich einem Mops im Silberkranz, Silben
bildend, als würfe man halbreife Beeren, Schneebälle
nach einem langen, verschachtelten Satz.

Deine Finger, die sich der sozialen Kontrolle
vollkommen entziehen, kreisen noch immer über dem
grauen Filz der Gebirge, schwenken Rot-Kreuz-Fahnen

über den ausgeprägtesten Schwachschichten tief in der
Winterdecke. Kältezeiger berühren die Laken,
Risikozonen, Schneedioramen.

Platanenplakat

Als hätte dieser Stamm in Drachenblut
gebadet: Rinde fällt in Placken ab,
enthüllt die hellen Stellen, die nun
schutzlos sind und roh wie Haut
unter dem Pflaster. Flecken schwärmen
grau und gelb und grün, dies ist kein
Lichterspiel, kein Lindenblatt, dies ist ein
Baum im Kampfanzug. Platanentarn.

Die grünen Fledermäuse segeln jetzt.
Sie hielten einen Sommer lang den Baum besetzt
und klatschen ledrig auf die Marmortreppen.

Die kahle Krone lockt mit Kugelfrüchten,
die wie die Kopflaterne eines Anglerfisches
so schön geneigt von dünnen Halmen hängen.

Am Ehrenmal im Park weht Eiswind
aus Sibirien, ein Bronzewind, den Mund
weit aufgerissen, Faust weit vorgereckt,
ein Wind, der schreit, ein Wind, der hier
noch einmal Heimat findet, alle Köder
aus den Zweigen frißt.

Unaufhörliches Denken an X

Sie querte mich, querte den Bürgersteig
wie eine Kraftlinie, jene Katze, Bestandteil
der Weite, der Macht des Geländes, in dem es
rumorte, ich stand, ich entging ihr nicht. Unter mir
grub sich ein Schacht ins Bodenlose, ich war
eine Bohrplattform, gerade geworden, behäbig
und tendenziell waagerecht, an allen Ecken bespickt
mit prächtigen Warnlichtern. »Hebe dich weg«,
sagte ich, es war Nacht, und ich wollte nach
Hause. Die Katze bahnte sich Scharten und Schneisen
durch preisgegebene Baumaterialien, ich aber ahnte
für Öl- oder Gastanker offengehaltene Fahrrinnen,
ahnte mich fehl am Platz in diesen Landschaftsmassen,
durchzogen von Testreihen streunender Katzen.
Ich bildete, groß, aber bodenlos, eine Figur
des Rests in ihrem Bewußtsein, sie aber blieb
das entscheidende Schwarz bei Nacht.

Dichterschicksal

Als ich einschlief in seinem weißen Rauschen, blieb ich
innerlich hell, ein nur spaltbreit geöffneter Kühlschrank, mechanisch
vibrierende Schwanenbarke. Sie schwamm mit dem trügerischen,
dem Traummaterial im ***-Fach durch den Eiskranz der Nacht,
durch die Abtauflüssigkeit, faules Gemüse, den abgestandenen
Teichgeruch.

Verlorene Vogelformen bohrten sich spitz aus dem Kissen,
die Federkiele flüsternde Stacheln, ergänzungsbedürftige gelbliche
Schnäbel der plappernden Tagesgewißheit. Ich sank in das Daunen-
geraune, sank tief in Gerupftes: Glucken, in bügelfreie Bezüge gestopft,
bebrüteten meinen ermüdeten Kopf, den Leib, ein bleiernes Ei im
Überweiß ihrer Begeisterung.

Sah ich die Hälfte der Schwäne in ihrer Abendgestalt, sie durchmaßen
die Kantigkeit der beginnenden Nacht, dieses glosenden Reliquiars
voller loser Enden, durchtrennter Fährten. War ich die häßliche Ente,
in falscher Umgebung erwacht. Da alles um mich, da das Licht
sich senkte, sah ich die Schwanenhenne, wie sie ihre Küken führte,
noch rasch über Erde und Gras zum Kanal.

Sie haben Ihr Ziel erreicht

Das ist das Schöne am Eigenheim.
Es beginnt gleich hier.
Genau hier.

Im zweiten Aufguß des Sommers
treiben die immergrünen Module,

du hast dein Bewußtsein mit Rollrasen
ausgelegt, Sonnenschirm aufgespannt,
schüttelst die Krümel vom Baumarktprospekt,
von Kühltaschen, Fliegengittern,

du siehst auf die Bilder,
die dich als Paar im leicht
entflammbaren Garten zeigen,
sorglos und schmutzabweisend.

Ausgeleierte Streifen deines Privatlebens
schieben sich durch die Markise
wie lange durch Seifenlauge gezogene Fotos.
Du kannst sie behalten, denn sicher
neigst du zur Eifersucht.

Deine Hecke ein Bausatz mit Tiefenschärfe
und einem Gewerbegebiet ganz hinten.
Sie saugt die Aktivität aus dem Straßenraum
bis ins Haus.

Deine Wege waren bereits vorhanden gewesen.
Es sind Elemente, die sich für jede Entfernung
anbieten.

Du findest hier den Mut zur Lücke (auch
in Gelb erhältlich) und überall Parkmöglichkeiten.

Niedere Arbeiten divenhaft ausgeführt

Sieh den beiliegenden Ort, was hältst du davon?

Negation oder Landschaft.
Pflanzen, die es nicht geben kann. Eine kabelartige
Pflanze, die uns mit der grünen Lunge verbindet:
Sie beugt sich von ihrem Schalterpult weit hinunter,
sie läßt sich herab mit verlängertem Hals, eine Schlange,
die uns kurz Auskunft gibt. Jede Information gerät
S-förmig wie in den Ratgebern aus den 50er Jahren.
»Gestatten Sie, daß ich Ihnen nichts sage.«

Ockergelbe Felder, ockergelber Himmel, kreiselnde Fernsicht.

Die politische Idee des Industriegebiets, dessen Bodenbelag
von weitem wie Teppich wirkt, wäre ganz Innenraum;
bar jeden Wetters, bar jeder Obdachlosigkeit: wo es
in allen Lagerhallen ebenso aussieht wie außerhalb.
Dazu kommen Automobile, auf Teppichen ausgestellt,
hoher Komfort für Geräte, die lediglich über geliehene
Intelligenz verfügen. Gerät, dessen Bilder verbreitet werden
wie Herrscherporträts.

Lochkartensysteme, frühe Computer. Auch wilde Tiere spielen.

kein guter Abschl.

Wir besetzen die Treppen am Bahnhofsportal, eine Handlung, klar
vorgestanzt. Sind ein Getränk, das exakt in die runde Vertiefung
auf einem Klapptablett paßt. Wir wagen jetzt wieder zu werten.
Starke Meinungen. Zorn. Der totale Tisch. Wir verzichten
auf Fertigsalate in Plastikschalen. Wir verzeihen Gebäudefehler,
jene Eingänge, die rein aus Fußmatte bestehen, verwegen
betreten wir sie. Ich brauche noch eine zusammenfaltbare Wanne
für meine Reise.

lapidar

Anmerkungen

Bernsteinpark Kaliningrad

Die Überschriften der einzelnen Teile entsprechen den Bezeichnungen für die Varietäten samländischer Bernsteinfunde.

Klar oder Schierklar: durchsichtig wie Glas, hellgelb bis bräunlichgelb

Flom oder Matt: halbdurchsichtig trüb durch eingeschlossene winzige Bläschen (Flom: Bauchfett vom Schwein, von niederdt. vlome, flach Ausgebreitetes)

Bastard: undurchsichtig satt-trüb, homogen bis wolkig

Kumst: undurchsichtig, marmoriert (Kumst: Sauerkraut, von mhd. kumpost, lat. componere)

Knochen: undurchsichtig weiß

Schaum: undurchsichtig gelblichweiß, Verwitterungsform von Knochen, leichter als Süßwasser

Schwarzfirnis: grauschwarz bis marmoriert, Holzmulm und Erde mit Harz als Bindemittel

Bunt: Mischung der Varietäten mit meist scharfen Abgrenzungen

Antik: rot bis rotbraun

Siehe außerdem: www.koenigsberger-brocken.de, ein Online-Tagebuch über eine Reise nach Königsberg/Kaliningrad von Marion Poschmann, Jörg Albrecht und Hendrik Jackson.

Kindergarten Lichtenberg

Die Kinderkombinationen der DDR wurden an ihren Eingangsbauten häufig mit Betonformsteinen versehen. Die Module zeigten in der Regel Hohlreliefs mit den Motiven Schmetterling, Fisch, Ahornblatt sowie Pappellaub, und um der kindlichen Wahrnehmung entgegenzukommen, wurden sie farbig lackiert.

Coney Island Lunapark

Geschrieben in New York 2012, nach dem Hurrikan Sandy. Neben dem New York Aquarium und zahlreichen Privathäusern wurden im Stadtteil Brooklyn auch die Fahrgeschäfte des Vergnügungsparks überschwemmt, darunter die historische Achterbahn *Cyclone*. Nach der Wiedereröffnung konnte 2014 eine neue Version der Achterbahn *Thunderbolt* eingeweiht werden, während der Betrieb der *Tornado* schon 1977 eingestellt worden war.

Künstliche Landschaften

In Japans ältestem Gartenhandbuch *Sakuteiki*, neu herausgegeben von Jirō Takei und Marc P. Keane, werden neben praktischen Bauanleitungen vor allem schamanische und geomantische Grundregeln bei der Gartengestaltung berücksichtigt. Dabei kommt insbesondere dem Kapitel *Geheimlehren zum Errichten von Steinen* zentrale Bedeutung zu:
»Wer einen Garten anlegt, wähle einen besonders prachtvollen Stein und setze diesen als den Hauptstein. Bei der Plazierung der weiteren folge man der Weisung des ersten Steins.« *(Choose a particularly splendid stone and set it as the Main Stone. Then, following the request of the first stone, set others accordingly. – Secret Teachings on Setting Stones)*

Kyoto: Regional Evacuation Site

Japan liegt auf dem Pazifischen Feuerring und ist im Hinblick auf die Naturgewalten eines der bedrohtesten Länder der Erde. In seinem Werk *Hōjōki* (dt.: Aufzeichnungen aus meiner Hütte) beschreibt der japanische Mönch Kamo no Chōmei im 12. Jahrhundert eine Periode gehäufter Katastrophenfälle: Erdbeben, Hungersnot, Sturm, Überflutungen, Brände, Seuchen und Leichenfledderei brachten ihn dazu, ein Leben als Einsiedler in der Abgeschiedenheit zu wählen und die Vergänglichkeit des menschlichen Lebens zu kontemplieren.

Matsushima, Park des verlorenen Mondscheins

Matsuo Bashō, der große Erneuerer des japanischen Haiku, schildert in seinen Reisebeschreibungen *Oku no hosomichi* (dt.: Auf schmalen Pfaden durchs Hinterland) den Weg in den wilden Norden. Dabei begibt er sich auch auf die Spur berühmter Vorgänger, insbesondere seines verehrten Vorbildes, des Dichters Saigyō. Matsushima, eine der klassischen »drei schönsten Landschaften Japans«, nimmt in diesem Werk vergleichsweise viel Raum ein, obwohl Bashō (wohl fälschlicherweise) immer wieder ein Haiku der Sprachlosigkeit zugeschrieben wird, in dem sich angeblich seine Überwältigung ausdrückt:
Matsushima ah!
A-ah, Matsushima, ah!
Matsushima, ah!

Im Nō-Theater ist für viele Stücke des Repertoires die »Doppelillusion« oder »Doppelphantasie« ein unverzichtbares Stilmittel. Ein Wanderer kommt an einen historisch bedeutsamen Ort und trifft dort auf eine unscheinbare Person, die Auskünfte über zurückliegende Geschehnisse gibt. Im nächtlichen Traum des Wanderers entpuppt sich die unscheinbare Person als der »genius loci«, als Geist eines unglücklich verstorbenen Kriegers, als mächtiger Landschaftsdämon oder als Pflanzengottheit.

Literatengarten bei Shanghai

In den Literatengärten Chinas, insbesondere in den klassischen Anlagen der Stadt Suzhou bei Shanghai, ahmt man spektakuläre Landschaftselemente in Miniaturform nach, so den Westsee Hangzhous, das Marmorboot aus dem Sommerpalast oder auffällige Gebirgszüge.

Vor allem aber richtet sich die Gartengestaltung nach den idealtypischen Landschaften der Malerei und der Poesie: Die künstlichen Paradiese der Tuschezeichnungen und der klassischen Gedichte werden noch einmal kunstvoll nachgebaut. Besondere Aufmerksamkeit kommt dabei bizarr geformten Steinen zu, die Karstlandschaften darstellen, schroffe Berge, Sitze der Götter.

Helsinki, Sibeliuspark

Im Haus der Arbeiterbewegung im finnischen Tampere fand 1905 eine Konferenz der Sozialdemokratischen Arbeiterpartei Rußlands statt. Hier begegneten Wladimir Iljitsch Lenin und Josef Wissarionowitsch Stalin einander zum ersten Mal.

Geliehene Landschaften

In seinem Werk *Yuan Ye,* dem klassischen Gartenhandbuch Chinas von 1631, beschreibt der Gartenarchitekt Ji Cheng erstmals die Technik der Geliehenen Landschaft, *jie jing*.

Entleihen läßt sich im Prinzip jedes Landschaftselement, und sei es ein Regenguß, das Spiel von Licht und Schatten auf der Wand oder das Geräusch des Windes in den Bambusblättern. Es kommt darauf an, von den Gegebenheiten den richtigen Gebrauch zu machen, Banales abzuschirmen, Unerwünschtes jenseits der eigenen Mauern zu verdecken, Berückendes, etwa die umliegenden Berge oder Pagoden, in das eigene Projekt einzubetten. Dann läßt sich auch auf kleinstem Raum die ganze Weite und Kraft der Natur evozieren:

»Die Geliehene Landschaft ist der wichtigste Teil der Gartengestaltung. Hierbei gibt es verschiedene Methoden, wie das Verwenden von Nähe und Ferne, Oben und Unten, und von bestimmten Zeiten des Jahres. Doch der Reiz natürlicher Gegenstände, und dies betrifft sowohl die für das Auge wahrnehmbare Form als auch die Essenz, die das Herz berührt, muß in deinem Geist ganz gegenwärtig sein, bevor du den Stift aufs Papier setzt; nur dann hast du die Möglichkeit, ihm vollständig Ausdruck zu verleihen.«

Inhalt

Künstl.

Überleben

Japan.
Landschaft